大空少年 I
月球反恐行动

[澳大利亚] 坎迪丝·莱蒙-斯科特 / 著
[澳大利亚] 塞莱斯特·休姆 / 绘
毛颖捷 译

电子工业出版社
Publishing House of Electronics Industry
北京·BEIJING

Jake in Space: Moon Attack
First Published in Australia 2014 by New Frontier Publishing Pty Ltd
Text copyright © 2014 Candice Lemon-Scott
Illustrations copyright © 2014 New Frontier Publishing
Translation rights arranged through Australian Licensing Corporation
本书中文简体版专有出版权由 New Frontier Publishing Pty Ltd 通过 Australian Licensing Corporation Pty Ltd 授予电子工业出版社，未经许可，不得以任何方式复制或抄袭本书的任何部分。

版权贸易合同登记号 图字：01-2017-6969

图书在版编目（CIP）数据

太空少年 . 月球反恐行动 /（澳）坎迪丝·莱蒙-斯科特 (Candice Lemon-Scott) 著；（澳）塞莱斯特·休姆 (Celeste Hulme) 绘；毛颖捷译 . -- 北京：电子工业出版社，2018.1
书名原文：Jake in Space: Moon Attack
ISBN 978-7-121-32799-5

Ⅰ . ①太… Ⅱ . ①坎… ②塞… ③毛… Ⅲ . ①儿童小说－科学幻想小说－澳大利亚－现代 Ⅳ . ① I611.84

中国版本图书馆 CIP 数据核字 (2017) 第 238348 号

策划编辑：苏　琪
责任编辑：王树伟
文字编辑：吕姝琪　温　婷
特约策划：毛颖捷
印　　刷：北京天宇星印刷厂
装　　订：北京天宇星印刷厂
出版发行：电子工业出版社
　　　　　北京市海淀区万寿路173信箱　　邮编：100036
开　　本：787×1092 1/32　印张：20.75　字数：531.2千字
版　　次：2018年1月第1版
印　　次：2024年8月第19次印刷
定　　价：120.00元（全套6册）

凡所购买电子工业出版社图书有缺损问题，请向购买书店调换。若书店售缺，请与本社发行部联系，联系及邮购电话：（010）88254888，88258888。
质量投诉请发邮件至zlts@phei.com.cn，盗版侵权举报请发邮件至dbqq@phei.com.cn。
本书咨询联系方式：（010）88254164（转1865），dongzy@phei.com.cn。

准备好了吗？
太空之旅即将开启……

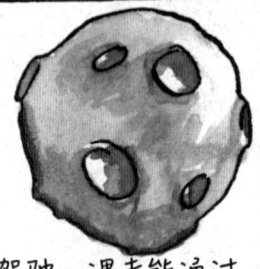

欢迎你，杰克：

　　我愉快地在此通知，由于你飞车驾驶一课未能通过考试，你被太空驾校补习班录取了。

　　我无比肯定，到这周末你就能通过驾驶考试。如果你仍未通过，我们将全额退款。

　　请于4040年10月13日下午2点到补习班报到。地址位于月球基地303号入口。

　　请带上：

　　·适宜零重力条件的服装

　　·红外线护目镜

　　·吸食式餐具

　　以下物品严禁携带：

　　·仿真电脑游戏机

　　·易容凝胶

　　·棒棒糖——包含各种跳跳糖和软糖

　　期待与你相见。
　　来自太空的关心和问候。

　　　　　　　　　　　　　葛拉道客

补习班!补习!杰克想,老爹老妈怎么没给我额头贴张纸写上"全宇宙最失败的人"?他气愤地把纸揉成一团,冲着父母的背后扔去——可是纸团并没有离开他的手指。他试着把它甩下来,可是纸却好像粘得更牢了。

"那是稀糊黏胶。我们早就知道你会这样。"老妈耸耸肩说。

"你可甩不掉它。你必须得拿到驾照才行。"老爹补充说。

"但是……补习班?!你们怎么能这么对我?学校里每个人都会知道这件丑事的!"杰克一边抗辩,一边还在努力甩掉那封信。

"你已经挂科30次了。对不起,你的余生可不能一直让我们来给你当司机。"老妈无奈地回复。

"下次准能通过!我保证。"说着杰克把手放到了厨房水槽里,一声令下:"水!"

冷水从小孔中喷射到水槽中。杰克把手放在水槽中,等待着水把信从手上冲掉,但信却粘得更紧了,几乎成了他拳头上的肿块。他的手指都开始疼了。

"你已经11岁了。和你同龄的孩子都已经自己开太空车去学校了。"老爹说道。

杰克不得不承认,在学校门口从父母驾驶的车上下来是件很丢脸的事。他的好朋友们都自己开太空车了,他们还比他小6个月。而他的太空车,一直停在后院里,除了上驾驶课外还从来都没用过。

"也许我只是需要个新教练呢?"杰克满怀希望地说。

"你知道的,我们已经把地球上的教练找遍了!"老妈回答道。

其实杰克心知肚明,太空驾校补习班现在是他能拿到驾照的唯一机会。但他也知道,要在月球上度过整整一周实在是太无聊了。那儿除了一堆岩石和陨石坑,什么也没有。

"葛拉道客是最棒的教练。从来没人在

他的班里挂过科。"老爹补充道。

　　杰克知道老爹说得对,但他还是不知道哪个更糟:被父母开车送到学校,还是让全班同学都知道他去上驾校补习班了。他真希望能和其他孩子一样自己开着太空车穿梭在大气层。但现在,他却要被困在一个空间站了。

　　"我们不是在跟你商量,杰克。"老妈说。

　　杰克讨厌老妈对他的读心术。虽然历史书上说妈妈们有着特殊的本能,但她们也不应该知道孩子所有的事情。妈妈说过,她只会在紧急情况下使用读心术,不过事实证明,紧急情况还挺多的。

　　"我们还有半个小时就出发了,你最好现在就开始打包行李。"

　　"但……"

　　"谈判结束,你必须得去!"老爹宣布。

杰克知道抗议无效了。他只好无奈地从水槽里拿出手,上面还被稀糊黏胶牢牢粘着那封信。

"这就对了。"说着,老妈递给他一罐红色的氖气,"把手放进来。"

杰克皱着眉头把手指放进罐子,他感到纸融化了。他拿出手来,活动了一下重获自由的手指,然后穿过厨房,坐到房间传送椅上。

把手放在传感器上后,他对面前电脑屏幕上的卡通脸咕哝了一声:"卧室。"

然后他按了一下弹射按钮,就被送到了自己的卧室。

经过短暂的旅途,杰克很快就到达了月球。当他看到太空驾校补习班的时候,还不到两点钟。

月球和杰克在课本上看到的完全一样:表面是灰色的,只有岩石和尘土。他知道接下来的一周将无比漫长,尤其还不能玩仿真电

脑游戏。补习学校的建筑闪着银光，杰克的爸爸解释说建筑外的金属箔是为了保持建筑内恒温。杰克心不在焉地点点头。老爹把他家暗红色的太空车停在了一个停车位里，下面停着一辆亮蓝色的崭新的水动力的4041太空车。

"小心点，你差点把车撞了。"老妈警告老爹。

"还有很多空间呢。看下面的空当。"

"好吧，终于知道杰克考不到驾照是遗传谁了。"老妈不屑地说，好像完全忘了杰克还坐在后座上。

"至少我不会每次都忘记我的远程钥匙在哪儿。"老爹咕哝着。

忽然，爸妈好像同时想到杰克还在后座上，然后他们同时转过头来，对他露齿一笑。

"我们刚才是在开玩笑,对吧?"爸爸飞快地对妈妈说。

杰克的妈妈保持微笑,点点头。而杰克在想,也许在补习学校待一周也没有那么糟糕。至少现在,如果爸爸再对他驾驶课挂科的次数做什么评论,他就有话可回了。

爸爸按下开门按钮,车门向上打开。杰克和爸妈踏上了通往建筑主入口的平台,然后就被飞快地送往那个巨大的金属大门。妈妈对月球表面飞扬起的尘土形成的旋涡着迷不已。也许她才更想在这儿待上一周吧。杰克生气地想。

杰克看看身后,从4041太空车上下来的一家正跟着他们往学校大门走去。那家的男孩头发乌黑,又直又短,就像被熨斗熨过一样贴在头上。杰克想如果他的头发在遇到零重力

的时候也能那样老老实实待在头上,而不是炸成一个黑色的球,他妈妈应该会很高兴的。杰克注意到男孩穿着一身黑色,他身上衣服的材料看起来像种薄膜。杰克意识到他穿着的可能正是刚刚面世的新型"全温度适应型"太空服。男孩的妈妈穿着一件祖母绿色的,而他爸爸穿着一件红宝石色的。

"这就是驾校补习项目期间我要待的地方吗?"男孩问道。

"是的,亨利,这儿就是太空驾校补习班。"男孩的妈妈回答。

"很好。时限多少?"

"一周,就一周。"男孩的爸爸说,"你会得到奖赏。大大的奖赏,儿子。"

杰克觉得他们的对话挺古怪的,不过大概也不是每个家庭都跟他家一样。那个叫亨利的男孩快步从他身边走过,走进了学校的大门。门开了又立刻关上,他甚至都没跟他的父母说再见。

"我觉得我们就送到这儿吧。"一到主入口的气闸室,妈妈就这么说。她给杰克整了整笨重的太空服。"我敢肯定在你骂'月球渣'之前,这一周就结束了。"

"是啦,妈妈。"

"放轻松,听葛拉道客的话。"爸爸说。

杰克继续往前走。入口处的门往上滑开,杰克走了进去,他忍不住转过身来向父母告别。嗖!气闸门瞬间关闭,爸爸妈妈已经走了。杰克忽然觉得很孤独。

前厅里已经有大概15个孩子在那儿了。有些人似乎互相认识,而剩下的人则安静地等待着。杰克脱下太空服,把它塞进背包里。又能

自在地移动和呼吸了,这感觉真不错。他注意到还有个男孩独自站在墙角,背包放在他的脚边。杰克很高兴找到了同类,便向他走去。

"你好,我是杰克,来自地球。"他说。

"你敢相信这个地方吗?"男孩回答道,"太、太……干净了,我敢打赌这里到处都用移动扫地机器人。墙面都能反光了!对了,我是来自火星的罗里。"

他们正要说别的,前厅里忽然回响起一个声音:"欢迎新学员们。"

整个房间变成了一个巨大的数字显示屏。葛拉道客巨大的像蘑菇一样的头盖住了整面墙。他微笑着,露出两排亮晶晶的白牙。杰克注意到他脸上有道疤,从嘴角延伸到颧骨,让他看上去像自带冷笑。

"我们就要开始第一堂驾驶课了。现在请

穿过身份识别屏幕。"他低沉而有力地说道。

葛拉道客的脸消失了。他们重新被空白、闪亮的围墙包围住。

"他说的是什么意思，什么身份识别屏幕？"杰克问罗里。

罗里耸耸肩。接着响起了巨大的轰隆声，远处的墙消失了，出现了一个通向主建筑的入口，一个巨大而清晰的屏幕从地下升起，把入口分成了两半。

"我猜那个就是了。"罗里回答。

两个男孩抓起他们的背包，向屏幕走去。杰克很高兴他找到了一个可以一起行动的伙伴。

当大家从屏幕左侧依次穿过时，杰克听到一个声音喊出一个个名字："天天、米莉、亨利……"时不时就有一些违禁物品，比如一包棒棒糖啦、一管易容胶啦……不停地飞出来，

划过空气,消失无影。杰克很庆幸自己没有把高仿真太空怪兽游戏机带来,如果被没收了,他会痛不欲生的。

他们到达的下一个房间比前厅还大,每个人都分散开来。杰克看到罗里的嘴张得大到能吞掉整个宇宙了。房间里有六台黑色的大机器对着一面墙。每个人都开始嘀嘀咕咕地讨论起那几台机器。

"那是什么?"罗里问。

"我也不知道。也许是新型机器人。"杰克回答道。

好像是为了回答他们的问题,葛拉道客低沉有力的声音再度响起。"你们看到后墙边的模拟太空车了吧。请每三个人分为一小组,各组选其中一台。"

"模拟的?"罗里失望地喊道。

杰克也能听到其他学生一边分组一边发牢骚，似乎大家此时的想法都是一样的。

"如果我们连真车都没得开，怎么可能学会正确驾驶？"杰克抱怨道。

"这简直比上关于太空昆虫习性的课还要无聊。"罗里附和道。

他们俩忙于抱怨，都没注意到有个人过来加入了他们的小组。

"我是亨利，来自……嗯……来自木星。我想加入这组，因为你们是两个人，而我是一个人，我们加在一起正好三个。"

"我觉得也是。"罗里说着，皱着眉头。

"我是杰克，这是罗里。"杰克回答道。

"非常高兴认识你们。"亨利说。

"是哦。"杰克回答道。他敢肯定这个星期将会非常漫长。

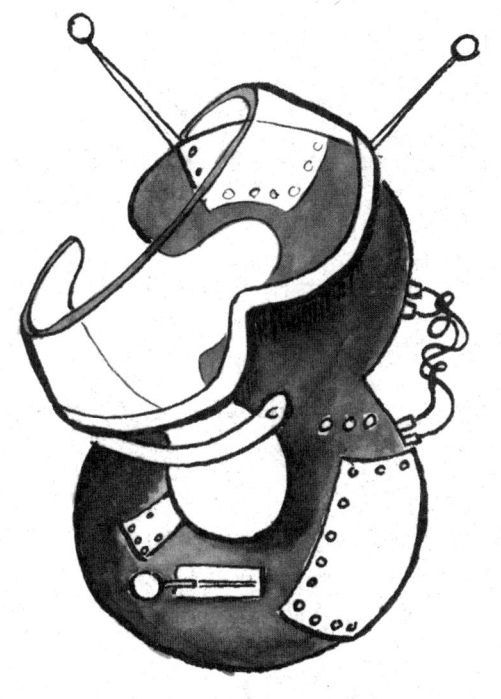

罗里、亨利和杰克滑进模拟太空车巨大而空白的显示屏前的三个座位。然后门关上了,一切自动回到原位。他们都戴上了红外线护目镜。然后一个屏幕亮了,现在他们正对着一片仿真的月球表面。杰克感到椅子开始摇了起来,一个声音从扬声器里传出来,罗里蹦了起来。

"我们即将出发进入轨道。现在请系好您的安全带。"

"哇哦,有那么一秒钟我以为是我老妈。"罗里大笑着说道。

"是呀,这声音听起来太真了,是吧?"杰克回答。

"这就是仿真设备的目的啊。"亨利回答,"它们完全模拟真实生活。你们以前都没见过?"

"当然没有。"罗里和杰克同时回答。

"哦,对,我的意思是,人人都知道仿真设备,不是吗?"亨利说着,把脸挤得像块冻干麦片。

罗里转动了一下眼睛,而杰克开始飘离自己的座位。

"快，系上你的安全带。"罗里说道。

他抓住杰克的胳膊，把他拉回座位，杰克扣上了安全带。杰克觉得自己的头发开始往上飘了。

"你的头发，杰克！你看上去像被电击了。"

杰克看向罗里，他的一头金发正向各种角度飞射。"瞧瞧你自己吧。"

罗里摸了摸自己的头。

"你们需要一些零重力发蜡。"亨利说道。

杰克看了看亨利，他的头发仍然平直地贴在头上，没有一丝头发飞起来。

"你从哪儿搞到的零重力发蜡？"杰克问道。

还没等亨利回答，扬声器再度响了起来。

"约两秒后到达零重力。"

屏幕转换,他们再度陷入了黑暗。模拟车里唯一的亮光来自屏幕上闪烁的群星。然后机器开始左右摇晃起来。

"我们现在该做什么?"罗里问道。

"当然是驾驶这艘太空车啦。"亨利答道。

"怎么驾驶?"杰克问道。

摇晃得更加厉害了,杰克发现要在座位上坐稳都很难。

"咱们面前有一系列表盘和操作杆,这些都是太空车的模拟仪表盘。"亨利说。

似乎是听到了亨利的话,扬声器的声音再度出现。"你们的座位前面有一系列表盘,它们和驾驶一辆真正的太空车的用法一样。"

"我啥也没看见啊。"罗里说道。

就在这时屏幕的一部分消失了,一个控制面盘在他们面前翻转下来。

"你怎么会知道这些的?"杰克问亨利。

"我可能有一双'幸运眼'吧。"亨利说道。

"一双什么?"杰克问道。

"我觉得他的意思是一种幸运的猜想。"罗里解释道。

接着他们被一股力量推到了一边。亨利面前的控制面板亮了起来,他第一个驾驶。他伸出手推了一下操作杆,很快他们就飞正了。

"推得漂亮。"杰克说。

"谢谢你。"亨利露齿一笑。

在亨利驾驶了一会后,杰克忍不住想他为什么要来这个补习学校,他开得实在太好了。罗里也正在思考同一个问题,特别是每次当亨利完美地避开虚拟的太空浮尘时，罗里就皱起眉。

当亨利甚至能倾斜着模拟太空车绕开一个逼近的小行星的时候，杰克决定问问他。"亨利，你为什么会来补习学校？你开得比我爸还好，虽然那也不代表什么，不过你这驾驶水平也不太可能挂科啊。"

亨利正忙于把他们带出一个虚拟的沙尘暴，一开始杰克有点怀疑他到底有没有听见自己的问题。然后亨利的眼睛开始飞快地转动，好像他正在试图从大脑中读取答案。"我，呃……我在驾驶时候的，嗯，被极度紧张困扰着。"他语无伦次地答道。

"哦，好吧。对不起，我本来没想把鼻子探进你的生活。"

"你把鼻子放进哪儿？"亨利问道。

"没事没事。我就是有点好奇。"

杰克面前的控制面板亮了,亨利驾驶结束之后就轮到他了。他绕过了几个虚拟的小行星,差点撞到第三个。课程好像更难了,他必须得穿过一团月球沙尘暴。杰克撞到了一个小行星,模拟太空车震动了一会儿。

接着轮到罗里了。杰克觉得他在避开小行星方面还挺不错的,不过他因为飞得太高,一直受到灯光警告。

没过多久,屏幕又变回一片空白,模拟太空车里的灯亮了。杰克的头发又回到了他的头上,乱得像团草。重力回来了,他感受到了自己在椅子上的重量。

扬声器再度响起。"谢谢大家。请松开您的安全带,离开模拟太空车。您可以穿过左边红色的门,到达午餐室。"

杰克从模拟太空车里走出来。他对他们的分数很满意,虽然这主要是亨利的功劳。他还是觉得亨利有什么地方怪怪的。是他说话的方式吗?他说话就跟背书似的,也许……不过杰克还是觉得哪里不对劲。杰克跟在罗里身后,而罗里看起来好像很想离亨利远一点。

第一天的模拟驾驶后,杰克累极了。他都不知道自己什么时候睡着的。直到半夜,他忽然被一个声音吵醒。一开始他以为自己在家里,过了一会儿他才反应过来他是在太空驾校补习班的男生宿舍里。他在月球上。

四下里漆黑一片。杰克拉开自己的睡袋,

摸到背包,拽出了他的红外护目镜。他隐约看到一双靴子向门的方向走去,那个人一只手伸上去盖住了身份识别扫描屏幕,然后门开了。

杰克想不出来谁会在半夜起床。补习学校天黑之后并没有发生什么特别的事。他从床上爬起来,偷偷跟了出去。

在宿舍外的白色长廊里,他左右环顾。一开始他一个人影也没看到,忽然瞥到一个黑影在拐角处移动,杰克果断跟了过去。那人停在走廊的一扇门前,门滑开了,杰克快速跟上,并在关门之前穿了过去。

即便有红外护目镜帮忙,黑暗中杰克还是看不太清楚。不过四下里也没什么可看的。他发现自己正身处一个巨大的空荡荡的房间。他跟着的那个人到达房间的另一头就停了下来。杰克摸着后墙走着。一开始他什么也没看到,

直到走得更近了，他看到了一个形似气闸的地方。杰克看见那个人向气闸走去，然后把手放在身份识别屏幕上。那光滑的背头和僵硬的走姿暴露了他——是亨利。

气闸打开了，亨利穿过气闸，从杰克的视线中消失了。杰克悄悄地跟着他，但当他走到气闸门前的时候，门却紧紧地关着。杰克推了推，门是锁着的。他把自己的手放在身份识别屏幕上却毫无反应。他没法跟过去了。

杰克通过门上的小窗向外看去。亨利顺着自己的右肩向后瞥了一眼，杰克快速蹲下，避开了他的视线。

杰克移到房间的边上，那儿有个圆形的窗户，杰克从这个窗户向外看。他首先看到的是灰色的月球表面和丝丝缕缕飞舞的尘烟。他意识到亨利还在气闸室内。接着他听到另一个气闸室的门打开的声音……再然后他就看见亨利在寂静的午夜里，独自站在月球上。但这是为什么呢？而他又是怎么知道这个隐蔽的出口的？

当杰克看得更仔细一些时，他简直无法相信自己的眼睛。

亨利没有穿太空服！

但那是不可能的，他没有氧气！这时亨利忽然转了过来。杰克担心自己被发现，迅速向后退去，原路跑回了宿舍。

在踮着脚尖飞快地穿过长长的走廊时，各种疑问像海水般同时涌进杰克的大脑。他想不通为什么亨利会在午夜溜出去。他在外面干什么？他怎么不穿太空服？他看见自己从窗户往外张望了吗？

杰克把手放在宿舍门的传感器上。但是

就在他等门开的时候,一只手忽然搭到了他的肩上。他转过头去,以为是亨利抓到了他这个"跟踪狂",等着看他怎么解释。

但并不是亨利——是夜间警卫。

"你在这儿干什么?"警卫厉声问道。

杰克想告诉他亨利的行为。但如果那么说,他还得接着解释自己是如何一路跟踪他的。他决定略过此事。

"嗯?"守夜人等着答案。

"啊……人有三急嘛,我憋不住了。对不起。"

警卫皱了皱眉头:"真的?"

"啊……当然啊。"杰克说。

警卫的眼睛眯成了一条缝:"厕所在另一头。"

"哦,好吧,难怪我找不到它。"杰克并起

腿,做出尿急的姿势。

警卫的眼睛又睁开了,他对杰克会心一笑,拍拍他的肩说:"这边。"

杰克跟着他走过去。好险啊,他想。

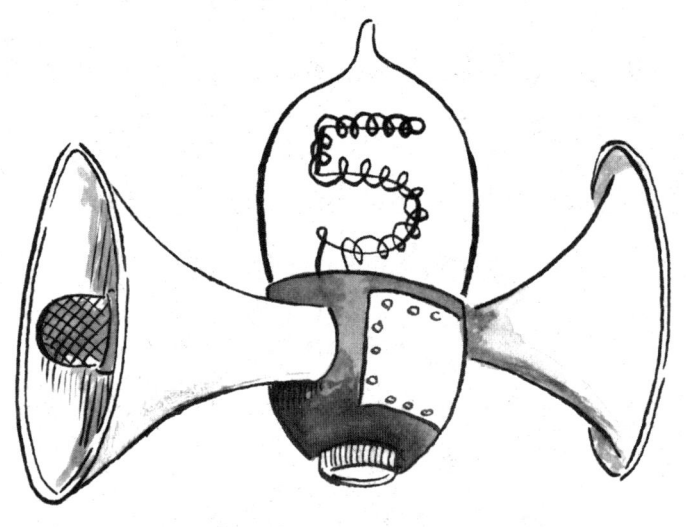

第二天早上，红蓝相交的光在宿舍闪烁不停，每个人都被闪醒了。扬声器发出的不容置疑的声音充满了整个房间。"请从你们左边的五个门进入早餐室。"杰克快速穿上衬衫短裤，昨天半夜的活动让他现在很饿。

在杰克和罗里排队等早餐的时候，杰克思

索着要不要把亨利的事情告诉罗里。他不敢肯定罗里会不会相信他。杰克现在自己都有点不敢相信了，也有可能一切都只是他的梦。

杰克站在食物分配器前，皱着眉头。"麦片粥、小麦片或麦麸。"他大声念着菜单。

"玉米粥、玉米粥或者玉米粥。嗯，我要三号玉米粥。"罗里说道。

"我也是。"杰克笑着按下了第三个按钮。

杰克把他的碗放得太靠左了，一些玉米碴从餐台边缘溅了出去。

"呃，你差点溅到我的衣服上了。"

杰克转过头去，一个金发碧眼、有着精灵般脸庞的女孩正皱着眉头看着他。

"对不起。"

她耸耸肩笑了："我是米莉，来自金星。"

"我是杰克,来自地球。他是罗里,来自火星。"

"你好!"她说道。

"这些早餐在月球来说已经很不错啦。"另一个女孩的声音说道。

杰克转身看去。

米莉给他们做了介绍:"这是我最好的朋友天天,也来自金星。"

天天的头发是乌黑的,有点像亨利,只是她的头发柔软垂顺地披在她粉色的脸颊边,而不是僵硬地贴着。

"这里所有的东西还没长出来就冻干了。没有植物能在这儿生长。"天天说道。

"你是怎么知道的?"他们一边向餐桌走去,杰克一边问道。

"我妈妈是个营养师,她在设计零重力条

件下的温室,她总是聊关于食物的事情。"

杰克笑了。他们都端着早餐站在一排桌子前面。

"你们想和我们一起吃吗?"罗里问道。

"当然。"米莉说道。

20分钟后,他们来到四辆超级太空赛车前。杰克紧张极了,他觉得刚才的早饭正想从他的胃里原路返回。这次他们得五个人组成一个小组。罗里、米莉、天天和亨利都加入了杰克这组。

"也许这个模拟车也没那么糟糕。"杰克对罗里说。

"对啊,至少就算我们坠机了也不会撞坏任何东西。"

"一旦能正确理解各种仪器的功能,操作就简单了。"亨利打断了他们的话。

杰克看到亨利那样说话的时候米莉和天天在努力憋着笑,不过她们俩憋得不太好。

"我说的有什么奇怪的吗?"亨利问。

"或者说,你说话的方式有什么奇怪的。"罗里说着,拍了拍亨利的后背。

亨利避开了罗里的触碰。

"哎呀,你一定是太累了,"罗里说道,"你的背摸着像金属一样硬。"

"对,嗯,运动对练肌肉很重要。"

天天对杰克咬耳朵:"他是认真的吗?"

"我觉得他是过于认真了。"杰克也对天天耳语。

他们爬进了太空车。

"你是第一个。"罗里对亨利说。

杰克觉得这一天开始得很好。他不用第一个开,而且看样子,亨利好像也不知道自己昨

天被跟踪了。

第一次团队飞行中,亨利完整地绕了月球轨道一圈,没有撞上任何小行星,也没有一次偏离航向。他似乎没有注意到别人,他们都如此放松,似乎是在进行太空旅行。米莉甚至掏出了一包太空果汁糖。

"接着!如果你们能接住的话。"她说着,打开了包装,把果汁糖抛了出去。

果汁糖在太空车里飞散开来,他们伸手追着果汁糖,想把它们抓到手里。罗里甚至用脚抓到了一个。有一个果汁糖飞到了亨利面前,亨利把它拍开了,那个果汁糖就飞向了天天,天天直接用嘴接住了它。

"我觉得你们应该知道开车的时候吃糖是被严格禁止的吧。"

"拜托,"罗里恼怒地说道,"这只是一点

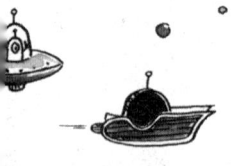

点小乐趣。而且不管怎么说,我们之所以在这儿,是因为我们本来就该来。"

人人都安静下来。剩下的果汁糖还在空中飘着,没有人再去抓它们。

"我不懂你这话的意思。"亨利一边回答,一边娴熟地绕开一颗恒星。

"你开得简直完美。你为什么会来补习学校?开模拟车的时候你说是因为你开真车的时候紧张。是真的吗?"罗里问道。

如果亨利的白皮肤还能更白,那他现在一定白得惨不忍睹。他的眼睛又像在模拟车里时那样上下乱转了。忽然,他的手开始颤抖,他的嘴角也奇怪地抽动起来。大家还没来得及开口,亨利就对车失去了控制,他们开始冲着月球表面直直飞去。

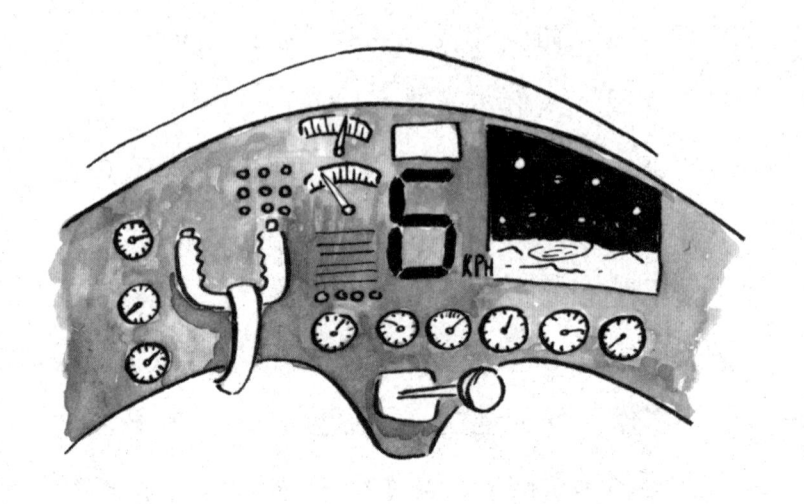

太空车笔直地冲向月球表面，杰克此刻真希望刚才罗里能管好自己的嘴巴。要不是罗里提醒，亨利肯定完全忘了自己对驾驶的恐惧了。马上就逼近月球表面，若不是被安全带绑着，他们现在肯定都撞到前面的挡风玻璃上了。太空车还在向着月球表面直直飞去。

"减速啊!"罗里喊道。

"我的腿不听使唤了!"亨利哭喊。

他们还在加速,太空车开始摇晃了。

"你开得太快了!"杰克呼喊。

"我们就要撞上了!"天天喊道。

米莉开始尖叫。

但是亨利还是没有动。一个巨大的陨石坑就在眼前,而他们正笔直地冲过去。杰克斜身从亨利那儿抓过操作杆,把它向左推去,太空车擦着陨石坑边缘飞了过去。但他们离地面还是太近了,太空车撞到一块巨大的月球岩石,他们被向前抛去。太空车侧身翻倒,在月球表面滑行。米莉还在尖叫。

"我们正向学校滑去呢!"罗里喊道。

飞车向前滑着,杰克眼见着学校巨大的金属建筑越来越近。

"快！大家都抓住一个东西！"天天说。

杰克紧紧地抓着椅子背。他闭着眼睛，等待着最后那一撞。

就在这时，他们却突然停住了。

"现在启动紧急制动系统。"计算机的声音从通话系统中传出来。

"它就不能早点启动吗！"罗里说。

杰克睁开眼睛，朝窗外望去。他只能看到一堵银色的墙。再靠近一点点，他们就撞上学校了。

"看来我还是没摆脱驾驶紧张症。"亨利失望地说。

没人接话，大家依次从一个窗户爬出去，向学校走去。至少，现在他们都相信亨利了。

在学校里，他们与投射在前厅的葛拉道客严肃的脸撞个正着。一群学生正静静地听着屏

幕上的他讲话。

"……同时希望这一课让你们谨记安全驾驶的重要性。"

他的眼睛看见杰克这组的时候亮了。"啊！他们来了。我希望你们都学到了团队合作的重要性。驾驶的时候务必全神贯注，在开车时吃糖非常容易分心。就这些。第二堂理论课会在午餐后进行。"

屏幕又恢复了空白。杰克觉得不舒服，第二天过得太糟糕了。现在，他觉得能在补习学校顺利度过这一周也需要很大运气，更不用说补习结束的时候顺利通过考试了。

罗里和杰克把碗盛满蔬菜汤，在桌边坐了下来。他们用勺子搅着盘子里的糊状午餐。那次"自杀式"撞击般的降落之后，谁也吃不下东西，更别提还被葛拉道客点名提醒注意驾驶安全。

杰克抬头看见亨利正向他们走来。亨利冲

他们挥手,杰克却假装没有看见。亨利来到桌边时还微笑着,好像什么也没发生一样准备在罗里旁边坐下来。但罗里很快把他的手放到了椅子上。

"对不起,这个座位有人了。"

亨利耸耸肩,走到杰克旁边的座位,但罗里又把手伸了过来。

"那个也有人了。"

亨利脸上一僵,杰克开始觉得对他有点抱歉了。

"那我应该退下,对吗?"

"好主意。"罗里说。

亨利走开了。

"现在可没人再用'退下'这个词儿了。"罗里对亨利的背影喊道。

杰克转向罗里说:"他不是有意的,你知

道的。"

"是，他就是！他刚差点把我们带进一个麻烦，现在又想加入我们。他差点杀了我们，你难道忘了？"

"不，他没有想杀我们。"

"那你怎么解释他上一秒还开得那么好，下一秒就撞月球了？"

杰克凑近罗里说："有些事我之前就想告诉你。"

"莫非他是个大笨蛋？"

"我是认真的……"杰克悄悄地向罗里解释之前他半夜跟踪亨利的事。"然后他通过了气闸室。我过不去，所以就从窗户看了看。他在外面。"

"所以呢？"罗里说。

"他没穿太空服。"

罗里停下来，推开他的午餐。"真有意思。"

"我是认真的。他只穿了睡衣。没有穿太空服，没有氧气面罩，什么也没有。"

"但那不可能啊。"

"这是个两人派对吗？其他人可以参加吗？"米莉把餐盘放在罗里的旁边。天天则坐到杰克旁边。"你的脸看上去有些苍白。"米莉盯着罗里说道。

"我还是觉得不太舒服。至少现在我知道我并不是补习学校里最差的了。"

"你俩在说什么呢？"天天问道。

杰克准备告诉天天关于亨利的事情。她棕黑色的眼睛看上去有些担心，杰克知道自己可以相信她。但罗里在桌子下踢了踢他。

"你们看上去好像在说很严重的事情。"

天天继续刺探。

"没什么,就是男孩间那种聊天。"罗里说。

"无聊。"米莉笑着说。

天天仍然盯着杰克,好像知道他们隐瞒了更重要的事。杰克低头盯着面前的盘子,觉得自己的脸比太阳还烫。

这天晚上杰克决定醒着,看看亨利会不会再次偷偷溜出宿舍。罗里和杰克把他们的太空服折好放在枕头下面,如果亨利溜出去,他们随时准备跟踪他。罗里还是不相信亨利可以不穿太空服出去。但是杰克肯定那是他亲眼所见。

他躺在床上想着亨利的事情、坠机的事情,还有葛拉道客说的小组行动要团结。再然后他知道的事,就是天亮了。

似乎昨晚亨利没有溜出去——或者说如果他有的话,那就是杰克他们睡得太沉了。他看看罗里,罗里也只是摇摇头。

早餐后,一个机器人带领着他们穿过一条蜿蜒的长廊,来到了太空车车站。罗里、米莉、天天和杰克都安安静静地站在那里。离他们驾驶考试的日子更近了,杰克甚至还没怎么真正驾驶过。他知道如果连驾驶补习学校的考试也挂科了,他永远也没脸回去见父母了。

其他孩子看上去也有些紧张,不过还有个别人在嬉笑着吹唾沫泡。要是哪个唾沫泡在房间里飞起来在某人头上爆裂的话,他们就发出一通爆笑。

这时电子屏幕亮了起来,葛拉道客巨大的脑袋又盖满了整面墙。每个人都安静下来。

"早上好,同学们。今天你们将轮流进行

一个单独的驾驶任务。在月球轨道上已经设置了一道障碍物,你们的目标是在这些障碍物之间穿梭,并且完成后能安全着陆。同时,严禁穿过边界防护罩。月球背面是禁区。一次任务三辆车同时进行。大家请排好队。"

单独驾驶?杰克觉得自己死期到了。机器人沿着他们的队伍走过,当它在一个学生面前停下,这个人的胸前就亮起一个数字。一个绿色数字"1"在杰克的衬衫上亮了起来,罗里的胸前是红色的。

"3号,幸运的家伙。"杰克说。

"我真庆幸我不是第一个。"罗里看着杰克的衬衫回答道,那个"1"还在发着光。"啊哦,对不起。"

"嘿,看起来我们都是第一组。"天天对杰克说,她也有一个绿色的数字"1"。

也许第一个也没那么不好,杰克想。然后他扫视了一下房间,每个人都被分配了红色、橘色、蓝色或者黄色的数字,不过杰克找不到第三个有绿色数字的人了。他想知道那第三个人是谁。然后他就注意到亨利正向第一辆车走去,他胸前的数字也是绿色的。杰克几乎喊出来:"感谢月球!"但他马上想起来自己似乎还在对亨利生气。

"我要打败你。"天天说着,跑向了另一辆车。

天天动作比杰克快,她选了车队中的第三辆。亨利已经在第一辆车里了,杰克只好选了第二辆。杰克启动了反重力控制系统,然后抓住油门。车顺利发动,杰克跟在亨利后面进入了太空,天天跟在他后面。当达到一定高度时,杰克收回了油门,进入了月球轨道。那儿近乎安静，只有黑色的太空和闪烁的亿万颗星星包围着他。

他打开了前视屏幕。在他前面，亨利正转向绕开第一块月球岩石。当杰克靠近它的时候，他把变速杆推向右边，他的太空车稍稍倾斜了一点，他也轻易地越过了第一块岩石。他打开了后视屏幕。天天紧跟在他后面，他看见她也轻松绕过了障碍物。

下一块岩石来得更快了一点。亨利转向左边，他的车飞越了过去。杰克就跟在亨利后面，他急转了一下，也安全通过了。

下一个是天天。杰克从屏幕里看到天天接近障碍物的时候，不由地屏住了呼吸。她看上去离岩石非常近。她的车右翼擦到了一点，但她还是安全通过了。

接下来几块岩石分布得很均匀，他们都轻

松越过了。杰克开始有所放松,但马上任务又变难了。下一拨障碍物又大又密,三个小驾驶员不停地左转,右转,右转,左转,再右转,终于穿过了所有岩石。在最后一块岩石处,杰克感觉自己车的底部擦到了岩石表面。如果驾驶着真的太空车,他是会被扣两分的。

杰克告诉自己要更加努力才行。但当他放眼四周,他发现前面已经没有更多岩石了。任务结束了?亨利降低了高度,于是杰克也放慢速度,让车下倾,跟着亨利。这时他看到一串蛇链一样的岩石盘旋向下。天天依然紧跟在他后面。亨利下倾车身,时上时下地穿过那些岩石。杰克紧张地跟着他。穿越垂直障碍物是最难的部分。一个、两个、三个……模仿着亨利的方法,杰克成功通过了前几个,他擦了擦前额的汗水,天天也通过了。但是正当杰克以为他们要返程的时候,亨利忽然飞离了任务路线。

　　杰克从前视屏幕上看,起初他以为是自己偏离了路线。然而并不是,是亨利偏离了,他正向着边界防护罩飞去。

杰克慢下来，试图搞明白是怎么回事。亨利为什么要飞出边界？他是不是又犯了紧张的毛病以致把方向搞乱了？杰克没时间细想，他必须快速决定，是跟着亨利，看看他要去干什么，还是自己打道回府。他知道如果越过边界防护罩，麻烦就大了，但他实在太好奇亨利要去做什么了。

杰克深深吸了一口气,决定跟上亨利。

当亨利靠近边界防护罩时,杰克在后面惊奇地看到从亨利的太空车喷气管中喷出了一股热气,把淡黄色的金属防护罩熔化了,出现了一个带锯齿边的洞。亨利的太空车从那个洞口钻了过去。

杰克现在知道亨利的确是有意要穿过边界的,但是为什么呢?

他看了一下后视屏幕,天天也跟在他后面。他想要转头回去,保护自己和天天,避免两人卷入一场麻烦,但这又是他发现真相的唯一机会。亨利爸爸那天说的话忽然闪现在杰克的脑海中:"就一周,你会得到奖赏。大大的奖赏,儿子。"亨利会不会是在搜寻月球背面藏着的宝藏?

杰克让太空车对准防护罩上的洞口，直直穿了过去。

他看了一下后视屏幕，惊讶地发现天天还跟着自己。也许她也跟我一样好奇吧，杰克想。

杰克发现亨利的车飞出了一个大弧度，他看着OPS屏幕——轨道定位系统，他们已经几乎绕着月球飞了一半。亨利继续往前开，他似乎完全没注意到杰克和天天正跟着他。也许，他根本不在乎，杰克想。或者，也许他本来就希望我们跟着他？

轨道定位系统提示，再有58秒他们就到达月球背面了。22秒……10秒……1秒……到了！杰克开始觉得自己干了件有生以来最蠢的事。不仅葛拉道客要再次找他麻烦，而且可能后半辈子妈妈和爸爸都要严禁他离开太空站了。

他又看了看前视屏幕,亨利不见了,或者说他的太空车不见了。杰克恐慌起来。他去哪儿了?如果没有亨利在前面,他怎么可能找到回学校的路啊。杰克让车向上倾,然而只看到了亿万颗闪烁的星星,只是现在这番景色也显得不那么安宁。相反,这些星星现在提醒着他,他离一切都是那么遥远。他再次把车开正,右看看,又左看看,还是没有亨利的踪影。他看了看后视屏幕,天天的车几乎垂直地朝着下方,她找到亨利了?接着她的车也从视野中消失了。

杰克快速把车调整到垂直向下,这时两辆太空车进入了眼帘。现在,他能看见天天的车了,而稍远处,是亨利。他启动加速,追上他们。

快到月球表面的时候,杰克开始思考为什

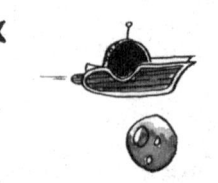

么亨利打破了规则来到这里。月球背面和月球正面完全一模一样，一样的岩石，一样的灰色表面，连陨石坑看起来都是一样的，有些又小又浅，有些又大又深。他忙着思考，差点没注意到他正越来越快地接近月球表面。太快了！为了不像昨天亨利那样撞上月球，杰克赶快控制并调正了车身。他飞快地擦过月球表面，盘旋在空中。天天也恢复了水平飞行，亨利也是。今天他们谁也没有坠机。

杰克再次看了看前视屏幕，亨利的车还在月球表面上飞行。从他驾驶的方式看，他似乎很笃定自己要在哪儿降落。接着，一个暗色的巨大物体就进入了视线，那东西看上去像个大陨石坑。不，肯定不是，杰克从来没见过这么大的陨石坑口，边缘看上去也不像普通的陨石坑，大裂口处有很多切凿的痕迹。

杰克把车的高度拉升了一点,他可不想被吸引到那个洞里去。飞得更近了一些,他意识到自己刚才的判断很正确。那根本不是个普通的陨石坑,它看起来像个冰激凌的圆筒被种在了地里。那会是什么呢?他按下加速按钮,然而车没有变化。按钮卡住了。他又试了试,还是没有反应。忽然,他向前一冲,车子完全停住了。他按下启动按钮,但车纹丝不动。

糟糕,不会吧!他想。

他在月球背面抛锚了。该怎么办?然后他想到了天天,她肯定注意到这里的状况了,她会来帮忙的。杰克看了看后视屏幕,但是他发现天天也停住了。前面不远处,亨利的车也停着。就在杰克想着他们也许要永远被困在这里回不去的时候,他的通信屏幕亮了。

葛拉道客的脸出现在面前。耶!杰克真高

兴补习学校发现了他的太空车出了毛病。但是葛拉道客水晶般的白牙并不是伴随着微笑出现的。相反,他看上去很生气,这让他看上去更像个蘑菇了。

"你们的太空车系统都被关闭了。你们三个人飞出了边界,现在会立即被带回驾驶学校!"

屏幕恢复了空白。杰克觉得胃里抽动起来,他抓过一个太空呕吐袋,吐出了所有早餐。

他有大麻烦了。他很想知道此刻天天是怎么想的。杰克看见一列学校的太空车向他们飞来,每辆车分别飞到他们的车下面。杰克感到被猛地一拽,控制面板亮了,手动控制系统开启。"现在开启磁场模式。"电脑的声音响了起来。杰克感到他的太空车开始调转方向,向着学校驶去。

天天、亨利和杰克站在葛拉道客的办公室里。杰克上学以来还从来没惹过这么大的乱子。上一次杰克被请到校长办公室还是在去年，他不小心在教室里引爆了一个太空黏液炸弹，毁了老师的作业。但这次显然严重多了。

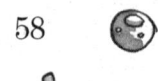

杰克等着葛拉道客出现在屏幕上,宣判他们都被从补习学校除名。天天看上去和杰克一样紧张,她不停地抖着脚。亨利看上去也很担心。虽然他不太好判断,但是他不断地一口气从一数到一百说明他可能也吓得魂不守舍了。

感觉像穿越了整个太阳系,葛拉道客的脸终于出现在了他办公室的屏幕上。

"坐下!"他粗暴地说。

天天、亨利和杰克沉重地坐到他们身后的橘色塑料椅子上。

"如你们所知,月球背面是对所有学生的禁区。我之前说得很清楚了,对吗?"

"是的,先生,我很抱歉……"天天说道。

但是葛拉道客不想听解释,他接着说:

"我会和你们每个人单独谈话,然后决定怎么处置你们三个。"

天天和杰克看了看彼此。杰克知道他们现在都很想知道对方到时候会说什么。对于把天天也卷进来这事,杰克觉得抱歉极了。

亨利第一个去见葛拉道客,然后是天天。经过一段揪心的等待之后,杰克终于被叫进了办公室。他很惊讶,葛拉道客在现实中看起来体形小很多。

"杰克,跟我说说发生了什么事。"

葛拉道客盯着他,杰克很想知道天天刚才说了什么。最重要的是,他想象不出亨利是怎么解释他在边界防护罩上烧出了一个洞,然后开到了月球背面的。

"好的,先生。我跟着亨利的路线开,不知怎么就停到了月球背面。"杰克平静地解

释道。

"你是在告诉我,你一不小心开过了亨利在边界防护罩上制造出的那个洞?"葛拉道客问。

"嗯……是吧。"杰克心知肚明自己的解释听着就像一个大谎言。

"我觉得很难相信你。那么小的洞是很难穿过去的。不如这样,你来告诉我实话,我们可以把这一切理出个头绪来?"

葛拉道客屈身向前,做出耐心倾听的姿态。杰克差一点就想告诉他所有的来龙去脉了,包括亨利的爸爸说他儿子会被好好奖赏,还有那天午夜他怎么跟踪亨利,以及他在月球背面看见的那个奇怪的陨石坑一样的东西。但是他却隐隐担心这样做会让他卷入更大的麻烦。

"好的,先生,真相就是我太好奇了。我很想知道月球背面是什么样的,因为都没人去过那儿。所以机会一来,我就跟着亨利过去了。"

葛拉道客看上去很惊讶。"所以你们三个并不是商量好了一起过去的?没在出发前就商量好?"

"没有,先生,"杰克说。这倒是真的。"我只是出于好奇跟着亨利,而天天就跟着我。"

"嗯。很难确定该相信什么。"他挠了挠脸颊上的疤,似乎在思考该怎么处理杰克。

然后葛拉道客微笑起来,低声说道:"那么,杰克,你觉得月球背面怎么样啊?你到过那儿了,你觉得它有什么不同之处吗?也许有什么特别的地方?"

"啊,不,先生。它看上去和正面完全一

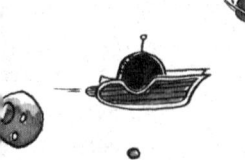

样。也许，石头更多点。"杰克快速地说，脑海中却出现那个巨大的"冰激凌筒"的画面。他希望葛拉道客没看出他在撒谎。

葛拉道客似乎放松了一些，他半笑不笑，露出了亮晶晶的牙齿和牙龈。

"对，月球背面的地壳要更厚一点。通常对于违反如此重要规定的学生，我会开除他们。因为你们可能会在那里迷路、撞车，甚至死掉。我的工作是教学生们在太空中驾驶，同时我也有义务保护你们的安全。但是我懂你们的好奇心，杰克。我自己曾经也是个好奇小孩，经常神游。我猜那也是我会成为地球上三星级王牌驾驶员的原因。直到后来，有人不喜欢我的的驾驶方式……"葛拉道客的脸色变得很阴暗。

杰克很想知道如果他曾经在地球上是个

三星级王牌驾驶员,为什么他会在月球上的补习学校教课。但是葛拉道客打住了,好像他忽然意识到不能再继续说下去,他又恢复了微笑。

"别在意我。我愿意再给你一次机会,小杰克,但是请你下不为例,否则我只好开除你了。好吗?"

"好的。"杰克深吸一口气,觉得自己如此幸运。

接下来的两天平静地度过了。杰克专注于提高练习成绩,他驾驶得越来越娴熟,没有撞上任何东西。团队练习的时候,亨利告诉了他一些小窍门,杰克对通过考试也开始有信心了。还有些问题的就是精准飞行,对杰克来说,和其他太空车保持在一条直线上

还是很难。随着技术进步，其他人也变得轻松了，考试前一天，他们甚至还在课堂上相互比赛。杰克几乎要把亨利忘了，他花了大量的时间老老实实学习，没有再溜到外面去。如果有什么特别的，就是他比任何其他人都更努力学习。杰克开始想自己当初怀疑亨利哪里不对劲也是挺傻的。

终于，考试的日子来临了。

首先进行理论考试。杰克紧张地坐在桌子前，控制面板图像和着陆角度似乎都在眼前模糊了。每当他用激光笔往笔记本电脑上输入一个答案时，就会闪现提示回答错误的红光。照此发展，能通过理论考试他都要谢天谢地，更别说操作考试了。如果说亨利有驾驶紧张症，那他应该看看我现在的表现，杰克想。在家的时候，不管平时学习多努力，考试的时候他还是

会因为紧张过度而通不过。这次似乎也没什么不同。

　　他试图将精神集中在屏幕上的试题上，但还是找不到答案。他突然想起来亨利说的——当意识到自己是在模拟车里的时候他就不紧张了，因为那是假的。所以杰克也假装这场考试只是一场模拟考。这只是个练习测试，他对自己说。就在这时，答案似乎变得显而易见了，他的笔记本电脑也开始闪绿光了。最后，总分30分，杰克得了26分，还提前了2分钟交卷。

　　考试过后，杰克和朋友们坐在午餐室，谈论着各自的情况。他们都带着葛拉道客给他们的理论考试通过徽章。米莉和天天都得了满分，甚至罗里都得了28分。

　　"你们女孩子肯定互相作弊才全答对

了。"罗里抱怨道。

"才不是,我们只是用功学习了。"米莉争辩道。

"哼!"罗里回应。

虽然杰克的分数是几人中最低的,但当葛拉道客在他的衬衫上别上徽章的时候,他还是很骄傲的。葛拉道客对杰克微笑了一下,跟他握手的时候还眨了眨眼。杰克觉得他也挺可爱的,完全忘了自己越过边界惹出麻烦的时候葛拉道客愤怒的样子。

现在是午餐后的实际驾驶时间,是他们最紧张的部分。

"嘿,亨利去哪儿了?"天天忽然说。

他们环顾房间,没有亨利的踪影。通过了理论考试的他们太兴奋了,谁也没留意亨利没跟他们一起待在午餐室。杰克想起来,授予徽

章的时候亨利就不在。杰克看向罗里。

"我打赌我知道他去哪儿了。"杰克说。

罗里和杰克同时站起来,留下还在吃午餐的米莉和天天。

杰克来到第一天午夜亨利通过的那个隐蔽出口处,但亨利不在那儿。

"我敢肯定他来过这儿。"杰克说。

"他还会去哪儿呢?"罗里问。

杰克也不确定。忽然他有了主意,说道:"我知道了!"

他们沿着走廊往回跑,跑到太空车停车场,四周看着,还是没有亨利的踪迹。

"我想他可能已经开着一辆车走了。"杰克叹息道。

"快点!我们回去吧。实践考试马上开始了。"罗里说道。

"不，他肯定去了那儿。"杰克还在坚持。

"好吧，我可要回去了。"

但就当罗里转身要回去的时候，他看见一辆太空车后面有动静。杰克一把拉住罗里的胳膊。

"就是他。他要上一辆太空车。"他悄悄说。

"哪儿？"罗里问道。

"嘘！"杰克蹲下来，示意罗里跟着他。他们沿着装载架的后方蹑手蹑脚地前进。只见亨利站在一辆太空车前，他从口袋里掏出一个东西，指着车子，然后车门就开了。

"快！跟上！"

"他是怎么打开……"罗里说。

杰克还没来得及回答，他们听到了脚步声。

"嘿！"有人用气声说。

哦不，杰克想，我们被抓住了！这下永远也不可能知道亨利到底要干什么了。他慢慢转过头去。

"不带我们，你们哪儿也别想去。"

杰克笑了，是米莉和天天。

"那就快点。"他咕哝道。

天天扔给罗里和杰克一人一件太空服。

"你们也许需要这些。"她笑道。

女孩真是细心。男孩们怀着感激，穿上了太空服。而女孩们已经穿好了。这时，亨利滑到了太空车下面，他似乎正在做安全检查。

"我们的机会来了。"杰克小声说。

四人向太空车跑去，偷偷溜进了舱门。他们快速躲到了后排乘客的座位后面。一分钟后，亨利坐到了驾驶座上，发动了车。

他们升空了，亨利开始驾驶飞行。

他们不知道亨利要去哪儿，四个人蹲着挤在后面，很快就感觉腿要抽筋了。杰克坐着的那条腿开始麻了。幸好亨利驾驶平稳，他们四个才不至于互相推来滚去，或是飘起来被发现。杰克再次纳闷为什么亨利需要在补习学校完成学业。

　　不一会儿，杰克感到车开始向左倾。他意识到他们正在着陆。他们都跟着车子倾斜了，他压着罗里，而天天的胳膊压着他。他们都被挤到了车的一侧。杰克开始觉得紧张。他们降落后亨利会做些什么？如果他发现他们在跟踪他该怎么办？不过他最想知道的，还是亨利到底在做些什么，还有他要去哪儿。杰克再次想起了那个巨大的"冰激凌筒"。他从来没有这么确信过，那绝对不是个普通的陨石坑。我敢打赌，那就是我们将去的地方，他想。

车子停了。杰克听到舱门开了，一股气流涌进来。然后他听到踩在金属上的沉重脚步声，声音越来越小，最后听不见了。天天认为可以安全地离开他们隐藏的地方了，她从后座爬出去看了看。

"可以了。"她低声喊道。

罗里和米莉也爬了出去。杰克站起来，但是腿被压了太久，不听使唤了，他等了一会儿，腿才有了知觉。等他终于成功爬了出来，他才发现每个人都张大嘴盯着车窗外，像困在鱼缸里的三条金鱼。他们都看着亨利，他正在月球表面上走着。

杰克几乎要笑出来，他知道他们都看到了他在第一天午夜看到的情景。"让我猜猜，亨利没穿太空服？"

"但那不可能啊。"罗里低声惊恐地说道。

"如果他是个人的话。"天天说，"我一直在怀疑，不过现在我肯定了——亨利是电子人。"

"是什么？"米莉说，看上去很害怕的样子。

"他是半人半机器。他肯定是。"

"根本没有这样的东西。你故事看多了吧。"罗里反对。

"否则他怎么可能不戴呼吸装置还能在月球上存活?"天天肯定地说。

"她是对的,"杰克说,"电子人一直被用来做采矿工作和太空探索。"

"难怪他说话的方式那么奇怪。"米莉说。

"还有,为什么他车开得那么好。我打赌他肯定不是个真的学生。"杰克补充。

"还记得上次你拍他的背吗,罗里?你说他摸起来像块金属。"天天说。

"我不是说他真的是用金属做的。"但罗里的神色看上去并不肯定。

"不管他是什么,我们最好现在行动起

来,要不然我们就要跟丢他了。"杰克瞥见亨利在岩石地面上跳跃着。

四个伙伴开始跟着亨利。但是他们发现偷偷跟在亨利后面并不容易,他们四个人,都穿着又大又笨重的太空服,跌跌撞撞地穿过尘土飞扬的地面。幸运的是亨利全神贯注在自己的路线上,不然他肯定会发现他们四个。然后他停了下来。四个人赶紧在一个大岩石后面蹲了下来,看着亨利走到陨石坑口的边缘。这是上次杰克在这儿看到的那个"冰激凌筒"。杰克回头去看太空车,它现在只是在远处闪烁的一个斑点。当他转回头来,亨利消失了。

"他去哪儿了?"

"进到陨石坑里了。"米莉惊讶地说。

他们从大岩石后面出来,走近那个巨大的黑坑。杰克倒抽一口气,这个"筒"如此巨大,

要是真填上冰激凌,可能需要花一整年才能把它吃掉。而且,它也根本不是天然的东西,坑壁是用金属制造的。

"这是个什么东西?"罗里问道。

没有人知道。

"嘿,在这里。"天天喊道。

杰克是第一个到她旁边的,天天上半身趴在陨石坑边上,双臂悬在陨石坑口的一边。

"小心点!"他喊道。

"杰克,帮我把腿抬起来。"天天回答。

"你发疯了吗?太危险了。"

"快点!"她坚持道。

杰克俯下身去想把她拉出来,不让她滑进陨石坑里。但当他向里瞥去,他看见了她所见到的情景。

"他从这下去了。"天天指着附在陨石坑内壁上的长金属梯子,"来吧,我们必须跟着他。"

杰克帮了她一把,天天开始沿着梯子往下爬。他不知道他们将进入的是个什么地方。当他开始往下爬的时候,他听到米莉和罗里在争吵。

"我不行!"罗里喊道。

"你可以!"米莉很坚决。

"不,我不行!"

"别向下看!"

杰克知道此刻他们不能跟丢了亨利,所以他决定留他们俩自己在上面吵个明白。过了一会,他听见金属梯子上传来靴子的声音。米莉肯定最终还是说服罗里下来了。

终于,杰克到达了梯子的底部。他走到一

个金属平台上，站在天天旁边。他们正在陨石坑里（暂且这么称呼它），也无所谓是什么了。他们在爬下来的过程中感觉洞口在变小，而现在隔着太空服他们都能感到一阵寒意。紧接着罗里和米莉也到达了陨石坑底部。

"也没那么糟糕，哈？"罗里说，他的声音听着有些颤抖。

"我早就告诉你了。"米莉回答。

"嘘！"天天下令噤声。

"现在去哪儿？"杰克悄声问。

"穿过这里。"天天说。

墙上有一个口，那里黑黑的，但那是亨利唯一可走的地方。杰克跟着天天，罗里和米莉则紧跟着他。

在黑暗中他们只能摸索着前行，感觉好像在一个洞穴里走着，墙很结实而隧道很窄，杰克觉得自己的肩就擦着两边的墙。他们的靴子踩在金属地板上很难不发出声音。

终于,杰克看到前方有亮光了。有一段时间他很想回头,跑回那个安全的太空车里,但是他知道他必须往前走,看看这个陨石坑到底是什么,亨利在找些什么。杰克开始有些后悔,他觉得自己应该告诉葛拉道客他所知道的关于亨利的所有事情,但是他心底似乎还是有某个地方坚信他没说出来是对的。

忽然,天天停下来,伸手挡住了杰克,他们在后面都跟保龄球一样撞到了一起。

"噢!我的脚!"米莉喊道。

"对不起。"罗里说。

"嘘!"天天再次提醒。

他们都踮脚往前想看看。杰克抽了口气,天天捂住了他的嘴。他们已经到达了隧道的

尽头。他们面前的东西看上去像是个巨大的地下空间站。四周的墙上都是控制板、刻度盘和屏幕。杰克一头雾水。然后他看见亨利也在那儿,背对着他们,他的面前是一个显示屏,屏幕上正显示着巨大的月球和地球的影像。四个小伙伴仍躲在隧道的黑暗处。这时,亨利按下了几个按钮,忽然,他停住了。

　　他头也不回地说道:"我想知道,你们跟到这儿花了多长时间。"

他们四个人瞪大了眼睛,面面相觑,难道亨利发现了他们在跟踪吗?

"你们还是出来吧。"亨利说道。

他们谁也不动,罗里从后面推了下杰克,杰克差点摔倒了。

"我才不要过去。"杰克嘀咕。

"是你把我们带到这儿来的。"罗里分辩道。

"所以呢?"

天天叹了口气:"你们男孩子们真是懦夫。"她勇敢地走向了亨利,杰克真希望自己也那么英勇。

"这是哪儿?"天天问亨利。

"对,还有,你到底是谁?"杰克也跟了上去,力图让自己的声音听起来更勇敢些。

"你到底是谁?"罗里问道,他忽然变得强硬了一些。

只有米莉保持沉默。

"你在这儿做什么?"天天又加了一句。

"你们都很好奇。"亨利说。

杰克没有告诉他,他们还有大约五百万个问题要问。然后,恐怖的一幕发生了,亨利转过他的手腕，开始扯他胳膊上的皮肤。

"停！"杰克喊道。

但是等亨利把皮肤拉回去的时候，下面露出一些像迷你控制系统的东西。

"你真是个电子人？"罗里惊叫。

天天对罗里扬起眉毛，好像在说"我早就告诉过你"。

"是的，我是。我还有一小部分是人类，但现在大部分的我是机械的。"

"那怎么可能啊？"罗里喊道。

"我来自CIA，中央情报局。"他说。

"什么？"杰克问。

"CIA在数百年前就不存在了。"天天说道。

"除了电影里。"罗里咕哝。

"我出了太空车事故，CIA的医生为了救

我，给我装了一些电子人的器官。"

"哇哦！"杰克惊叹，"但是这跟补习学校之间又有什么关联？你为什么要来这？"

"我在执行一项任务，已经跟踪了葛拉道客6年2天5小时11秒、12秒……但我没时间了，你们看。"

亨利在自己手臂上拉开一个小口，拉出了一根长长的铅线，他用手指夹着铅线头，把它插进了屏幕前的插座里。天天、罗里和杰克站在原地看着亨利不断键入更多数字，呆若木鸡。他的动作比光速还快，或者说也许光速就像屏幕前他模糊的手指影子。现在杰克知道为什么亨利假装自己不会驾驶时毫无演技，那样的神技傍身，他无疑是全宇宙最好的司机之一。

"别那么快！"米莉喊道。

她推开杰克和天天他们，跑上前去，跳

到亨利背后,这一举动把大家都惊呆了。她开始用拳头敲打亨利,亨利左右躲闪,想要躲开她,但是米莉还是没有停手。最后亨利转到她后面,才把她拉开。

"嘿!"天天喊道。

"我们怎么知道他说的就是真的?"米莉问。

杰克意识到她是对的。

他们不知道亨利在那儿干什么,或者说他在做什么。他对电脑动了什么手脚?他们都试图劝说亨利离开屏幕,而他伸出手臂,试图推开他们,然后他按下了控制台中心一个绿色的大按钮。

他们都惊呆了。杰克的脑子飞快地转着,不管亨利启动了什么,他觉得他们都应该马上进行阻止。在绿色的按钮旁边还有一个红色

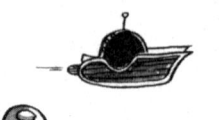

的按钮。当罗里和天天试图从控制面板前拉开亨利的时候,杰克按下了红色按钮。

"不——!"亨利大叫,想挣脱罗里和天天。"你知不知道你刚才做了什么!程序要再花10分钟才能重启了。10分钟内葛拉道客肯定赶到这里了。"

"希望如此。"罗里说道。

"请你们听我说。看见这个了吗?"他指着屏幕上的月球和地球的图像问。

"看到了。"他们说。

"这是葛拉道客设置的发射序列。"

"这不可能……"天天喃喃道。

她看上去明白了什么,而其他人仍然不明就里。杰克看着屏幕,那上面显示了月亮的模拟轨迹,这时杰克明白了。

"月球正向着地球的方向前进。"他惊

呼,"这是怎么做到的?"

"我们是在一个巨大的推进器里?"天天惊讶得问道。

"就这个像冰激凌筒一样的东西?一个巨大的火箭?"杰克问道,他震惊了。

"完全正确。而现在你们阻止了我,那个发射程序会按照葛拉道客的计划继续倒计时。大约6分钟后就会有一场爆炸把月球推出轨道,把它推向地球。"

"但是葛拉道客……"

"我的任务就是阻止他的计划。发射程序在我到达这里之前就已经启动了,我试图重设程序再一次改变月球轨道,这样它就可以避开地球。"

"但是咱们还是会被毁灭。"罗里说,"真是了不起的计划!"

"是的,但是只有使用触发它的控制器才能完全关闭它。那个控制器只有葛拉道客有。我这样做,至少可保证地球的安全。"

"那么现在呢?"

一个声音忽然从他们背后传来:"现在月球将会撞击地球表面,毁灭那个行星上的所有生物。"

他们转过头去,一起倒抽了一口冷气:"葛拉道客!"

"**谢**谢你解释了这一切,亨利。现在,如果你不介意,你的服务可以停止了。"葛拉道客冷冷说道。

然后他抓住了亨利的胳膊,亨利想要挣脱,但是葛拉道客动作太快了。他伸出手,探进亨利手臂上的控制板,拔出了一个插头。亨

利忽然僵住了，一只手还举在头顶。他的开关被关闭了。

"不！"杰克尖叫。

"我很想留下和你们聊聊，但是我有点赶时间。我很感谢你们帮我跟踪亨利。如果你们不跟踪他，我永远也不会知道他已经盯上我了。"

"你什么意思？"杰克说。

"你们通过理论考试后发给你们的徽章，都被我安上了定位装置。幸运的是，定位装置一提醒我亨利要来的地方，我就可以在我的办公室启动发射程序。"

孩子们看着胸前衬衫上那个曾让他们骄傲的徽章，原来那根本不是奖励。

"但是你为什么要毁灭地球？"杰克问。

"还有月球？"天天补充道。

"他们都应该被消灭。我本应该探索整个宇宙,从一个星球到另一个星球,然而事实相反,我却被困在这个破月球上,教你们这帮小屁孩开车。"

杰克想起那天葛拉道客在他的办公室,谈起他曾经是地球上的王牌飞行员,他的某些事情给他的飞行造成了麻烦。要是那时候杰克知道他对此多么耿耿于怀……

"他们觉得我作为一个太空探险家太'鲁莽'了。呸!不就因为我撞了几个太空站。"说到这里,葛拉道客的脸变成了紫色。

然后他冷静下来,转身去阅读控制器的屏幕。"还有3分钟。现在,如果你们不介意,我要去一个温暖的地方度个小假了。跟孩子们相处了21年了,我也该放松一下了。"

他手握着控制器,转身钻回了黑暗的隧

道中。

"你们不用白花力气试图追我,我觉得一帮补习班的孩子要追上一个王牌飞行员机会渺茫。你们觉得呢?"他消失在隧道里,笑声却还在他们面前回荡。

"我们怎么办呢?"罗里哭丧着脸。

"我们是不是应该试试让亨利恢复启动?"米莉建议道。

"那得花很长时间。而且就算我们做到了,我们还是需要阻止葛拉道客。"天天说。

杰克这时才忽然意识到即将发生什么。他的父母、朋友,他们都将在一次巨大的爆炸中被毁灭。唯一的选择就是要拯救他们。但是怎么做?杰克闭上眼睛,发送了一个心灵感应信息给他的妈妈。她不会错过任何东西,这次可一定要及时收到信息。

"没时间了,"罗里冲杰克一挥手,"我们走!"

杰克匆匆瞥了一眼亨利僵硬的手指,然后跑回隧道,其他人都跟着他。他们跳进亨利的太空车里,杰克发动了引擎。

"**葛**拉道客去哪儿了?"杰克问。

"他已经走了。"米莉要哭了。

"我们必须找到他走的路线。"罗里说。

"我打赌他去我的家乡了。"天天说。

"金星?"罗里耸耸肩。

"他不是说他要去温暖的地方度假吗?"

"是啊,但是……"

"金星是目前的最佳选项。"杰克边说边把太空车转向左边,并尽可能地加速。

杰克从前视屏幕向外看,但只有星星和几个小行星飘浮在周围。米莉和天天也挤在前视屏幕前,而罗里一直观察着后方。

"发现什么了吗?"杰克问,知道答案不会很理想。

"没有。"米莉和天天回答。

"后面也没有,"罗里补充道,"我们还有多长时间?"

"2分10秒。"天天说。

他们都沉默了,似乎已经太迟了。

"等等!"天天忽然喊道,"右边!"

杰克向右急转,葛拉道客的车进入了

视野。

"我们找到他了！"米莉喊道。

"现在怎么办？"罗里问道。

"我们需要靠得足够近才能接触到他的磁场。你觉得我们能做到吗？杰克？"

"我可以试试。"杰克说道，不太有把握的样子。

他比以往任何时候都全神贯注，他尽可能地靠近葛拉道客的太空车，直到几乎头尾相连。

"好的。我要试试开到他下面。"杰克对其他人说，"然后我可以把车反转过来，我们从紧急通道进入葛拉道客的车。罗里，我到正下方的时候需要你告诉我一下。"

"好的，收到。"

如此靠近葛拉道客的车而不撞上是很难

的,但杰克知道反转太空车还要门对门,这是难上加难。

像是读到了杰克的心思,天天说:"你可以做到,我们相信你!"

他做了个深呼吸,说道:"出发!大家系好安全带了吗?"

"好了!"他们齐声回答。

杰克把操作杆拉满到右边,车子完全向一边倾斜了。杰克稳稳握着操作杆,太空车就翻了过来。他们像蝙蝠一样倒挂在了太空车顶。

"解开安全带。"米莉说着,按下一个按钮。

安全带收了回去,他们向上飘去,所有的东西看上去都是颠倒的。

"还有多长时间?"罗里紧张地问道。

"1分40秒。"天天说,"一旦我们靠得

足够近，我就衔接磁场了。"

控制面板现在在前屏幕上方。杰克够到它，轻轻向前推操作杆，想让车子与葛拉道客的车靠得足够近。他紧张地想让两辆车对准，摸着操作杆的手都开始滑了，眼睛也模糊了。这时罗里来帮忙了。

"高一点。"罗里盯着辅助屏幕说。

杰克把操作杆又往前推了一点。

"差不多是这儿。"他说。

杰克又加力推了一下杆。

"到了。"罗里说，"现在再往前一点点，紧急通道就快对上了。"

杰克轻轻推了一下操作杆。

"再来一点点。好……停！"

天天在中央控制面板前忙着。"好了！让我们祈祷它管用吧。"她按下一个亮蓝色的按钮，然后车载电脑的声音响起:"磁场现在开启。"

太空车猛地被向上拉去。

"我就说行!"罗里开心地喊道,自从从那个梯子爬下去以后,这还是他第一次笑。

他们的兴奋没持续多久,因为他们都意识到,现在他们只有一分钟的时间从葛拉道客那里夺过控制器,阻止月球撞地球。

罗里拉开逃生舱门。"你先走。"他对杰克说。

"就因为我开车啊。"杰克小声咕哝着,但他还是快速飘向了逃生门。

葛拉道客车下的门很容易就被打开了,杰克通过狭窄的通道钻进了他的车。杰克一落地,葛拉道客就出现了。

"还有30秒。"葛拉道客读着主控制器说道,"你们勇气可嘉。"

"对,你有一件事说对了,团队合作很重要。"

"你们确定不想加入我的旅行?"

"没门!"杰克说。

"现在,如果你不介意我们的到来。"罗里站了过来,大家都通过了舱门,罗里看上去很有底气,"现在是四对一,把控制器交出来。"

葛拉道客漫不经心地笑起来,他似乎很肯定他们根本没时间阻止他了。他的牙齿闪着森森白光。"哈,试试,让我看看你们的本事。"

罗里对米莉做了个手势:"上!"

米莉迅速扔出了一个绿色的蛋状物体,它击中葛拉道客的头后炸开了,臭臭的黏胶流出来,他很快从头到脚都被绿色的胶裹住了。他试图挣脱,但是黏胶让他动弹不得。杰克永生难忘,那东西比妈妈在他的补习学校通知书上用的那种胶还黏,他震惊得嘴都合不拢了。

"是新型2号黏胶。"她说。

杰克又闭上了嘴巴。

"20秒时间够吗?"

"当然!"米莉说。

天天冲上前去,从葛拉道客黏黏的手中抢过控制器。

"哪个?"她拿着控制器的手在颤抖。

杰克冲去,倒计时还有10秒。上面有好多按钮,他不确定到底该按哪一个。

"试试中间那个大的黑色的。"杰克最后只好猜一个。

天天点点头,按下了按钮。什么也没发生。还剩4秒、3秒、2秒……

一切都结束了,月球就要往地球飞去了。

忽然屏幕黑了。"啊啊啊啊啊!"天天尖

叫着，她用双臂环住了杰克的脖子，激动地喊道："我们做到了！"

"什么？"杰克这才意识到，他们成功了，发射程序停止了。

他们像一群太空跳蚤一样又跳又叫，这时杰克听到下面传来了丁零当啷的声音。

"又出什么事了？"米莉忧虑地问道。

忽然三个头从舱门那边冒出来。

"大家都还好吗？"杰克见过他们，那是亨利和亨利的父母，不过他现在知道他们可能根本不是他真正的父母。

"威尔和布里。"亨利说着，指指他身边的男人和女人，仿佛这就解释了一切。

"助推器在某种程度上已经被停止了。"威尔说。

"忽然任务就完成了。"亨利笑嘻嘻地补

充道。

"只有一个小问题。"杰克说。

"什么?"亨利和他的"假父母"齐声说。

杰克看向被定住的葛拉道客,液体正在融化,他的肌肉在抽动。

"别担心他。"布里说着,从她的皮带上扯下一个黄金套索,甩向了葛拉道客。它像一个降落伞般打开,完全盖住了他。杰克担心这样纤细的网怎么可能困住他。

"这是传说中的太空蜘蛛网吧!"天天惊讶地说道。

葛拉道客的眼睛睁开了。

"你被CIA逮捕了。"威尔说。然后他转向四个小伙伴说,"大家干得非常漂亮!我们以为自己肯定来不及了。如果不是你们,地球现在已经被毁灭了。"

"还有月球。"天天补充道。

"对,还有月球。"

"但是你们是怎么知道我们在哪儿的。"杰克问。

"要感谢你发给你妈妈的那条心灵感应消息,我们根据它找到了你们的确切位置。通过亨利的帮助,我们分析了你的思维模式,然后找到了你。"

"你们怎么修好他的?"天天问。

"对,我们离开的时候他被彻底关闭了。"罗里补充道。

"只是一个快速重启的小伎俩。"布里眨眨眼。

"那既然任务完成了,亨利怎么办?"

"我要回CIA开始我的下一个任务了。"亨利回答。

"你又要走了,真让人难过。"威尔说着,转向亨利,"你就像我真正的儿子。"

"谢谢……爸爸。"

威尔看上去陷入了沉思,直到布里打断他,"我觉得你有些话要说。"

"哦,对。米莉、天天、罗里和杰克,我要给你们发太空车驾照。就太空驾校补习班的孩子而言,你们的驾驶技术简直令人印象深刻。我从来没见过你们这个年纪的孩子能做出这样完美的反转动作,杰克。还有团队合作,棒极了。我们CIA的飞行员也可以从你们完美的团队合作中学习一二。"

他们都笑了。那一刻,杰克觉得即使以后再也不能开车,他也无憾了。

回家的路上杰克很安静。他满脑子都是过去一周发生的事情。还有,在太空中紧张刺激地飞行过之后,只当乘客还有点怪怪的。反正,妈妈和爸爸替他把话都说完了。他俩忙着争论杰克的驾驶天分是遗传自谁的基因。

"不不不,他的飞行技术现在是来自我,"妈妈说,"不然这些年我怎么总能按时把他送到学校？"

"啊，但是他跟他爸一样，在正式驾驶之前失败了很多次。"

"我可没失败44次。"杰克打断了他们的争论。

"看见没？他跟你根本不一样，是从我这儿遗传的驾驶技术。"妈妈说着，回头对杰克笑了一下。

"小心！"杰克尖叫。

妈妈迅速调整方向盘，避开前面的一辆车。

"啊哦！"

一家三口都安静下来了，直到妈妈在进停机库的时候之前稍微擦到了墙。这更让杰克为以后能自己开车去学校而高兴了。他快速地下了车，走进屋里。他看到厨房的桌子上有封信在等着他。他的名字用耀眼的红色印在信封

上,闪闪发光。当他拿起信封的时候,那鲜红的色彩消失了,只剩下黑色锯齿状的字。他匆匆拿出信读了起来。

"信上说什么?"爸爸问。

"信上说……说……"杰克激动得说不出话来。

急性子的妈妈从他手里抢过信去,扫了一眼。"是火箭杯太空车挑战赛的主办方发来的。杰克作为特邀选手被邀请参加明年的比赛,他需要和补习班的朋友组个队。"

杰克兴奋得跳上跳下。简直不能更棒了!火箭杯是赛车比赛的终极赛事,只有太阳系最好的赛车手才会被邀请参赛。每届比赛也只有一个特邀名额。但他从没想过自己和朋友们竟然会被邀请,今天真是个好日子。

"哇哦,我等不及了!"杰克喊道。

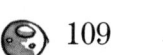

"那是个危险的比赛。"爸爸皱着眉头说道。

"你还太小了。"妈妈补充道。

"但是,爸爸妈妈,我知道我能做到。我们能,米莉、罗里、天天和我。"杰克很执着。

"对不起杰克,我们不可能答应让你参加,你可能会因此受伤。"妈妈说着把信揉成一团,但信很快粘在了她的手上。

"这是什么?"她惊讶地问道。

"2号黏胶,"杰克微笑道,"我就知道你们会这样。"

杰克的父母努力克制着,但杰克看见他们的嘴角露出了微笑。

"好吧,我们拭目以待,杰克。"妈妈回答,"现在请给我拿些氪气,把这东西从我手上弄下来。"

杰克雀跃地跑进厨房,他的下一场冒险就要开始了。